CHANTS DU PAYS.

OUVRAGES DU MÊME AUTEUR.

———

Cent et une Épigrammes de Martial, traduites en vers français, avec le texte en regard et des notes. 1838.

Les Noces de Thétis et de Pélée, poëme de Catulle traduit en vers français, suivi de Poésies diverses, et précédé d'une *Notice sur Catulle*, de M. de Pongerville, de l'Académie française. 1839.

Fables en quatrains. 1840.

Les Cendres d'un Empereur, poëme en trois époques. 1840.

Verselets. 1841.

La Femme de l'Ouvrier. 1843.

Étude littéraire sur Amédée du Leyris. 1844.

Étude littéraire sur C. L. Mollevaut, de l'Institut, etc. 1845.

CHANTS DU PAYS

Poésies

PAR HENRI DOTTIN.

Celebrare domestica facta.

HORACE.

CLERMONT (OISE)

IMPRIMERIE ET LITHOGRAPHIE DE E. HERSENT,

Rue du Grand-Faubourg.

—

1845.

LA CATHÉDRALE DE BEAUVAIS.

Eh ! qui n'a parcouru d'un pas mélancolique
Le dôme abandonné, la vieille basilique,
Où devant l'Eternel s'inclinaient ses aieux.

ALEX. SOUMET.

LA CATHÉDRALE DE BEAUVAIS.

Dis—moi ? longtemps encore avec ton front immense
Te verra-t-on braver la colère des cieux,
Longtemps encore unir, géant audacieux,
Le siècle qui finit au siècle qui commence ?

Sous la poudre du temps quand tout s'ensevelit,
Toi, tu restes debout, et toujours, ô vieux temple,
Le présent étonné t'admire et te contemple
Comme un livre sublime où le passé se lit.

Sur ta face meurtrie il est plus d'un outrage
Qu'imprima vainement le courroux des humains;
Eh! que t'importe à toi! Trop faibles sont leurs mains,
Et fort de ton orgueil, tu méprises leur rage.

Mais tu ne sais donc point, vétéran de la foi,
Que pour nous aujourd'hui trop vaste est ton enceinte!
Mais tu ne sais donc point que la prière sainte
Ne peut plus maintenant s'élever jusqu'à toi!

Croule donc! Non, toujours sur le champ de bataille
Reste, vaillant soldat, reste comme un affront
A ce siècle orgueilleux : dresse plus haut ton front,
En disant : « Siècle nain, tu n'es pas de ma taille. »

LA MORT DU GRAND FERRET.

Quoi! lâches! vingt contre un! et le sommeil me presse,
Et dans ces rochers sourds, d'une voix de détresse
     Vainement crierait-on !
Et la nuit vient , versant ses funèbres alarmes,
Et vous avez du fer et toutes sortes d'armes,
     Et je n'ai qu'un bâton !

EMILE DESCHAMPS.

La Mort du Grand Ferret.

Regardez ce lion couché dans sa tanière :
Il souffre, il est mourant, et sa fauve crinière
Ne se hérisse plus, et son œil est éteint.
Sa poitrine de fer par la douleur brisée
Bondit en exhalant une haleine embrasée.
    Quel coup mortel l'a donc atteint ?

Ce lion qui se meurt, ce colosse intrépide,
C'est Ferret, dont le bras et la hache rapide
Ont semé mille morts au sein de l'ennemi.
Qu'il semble faible, lui, si vigoureux la veille;
Son arme formidable au chevet du lit veille
    Sur son brave maître endormi.

Quoi! c'est là ce Ferret que l'on voyait naguère
S'élancer furieux dans les champs de la guerre;
Comme un fougueux torrent briser tout sous ses pas;
Seul, sa hache à la main, défier des armées
Qui se ruaient sur lui, panthères affamées,
    Sans le faire broncher d'un pas.

La fièvre en ce moment le torture et le mine;
La souffrance l'abat, et sur sa sombre mine
Le trépas a déjà répandu sa pâleur.
O tourment de l'enfer! son impuissante rage
Veut en vain ranimer sa force et son courage
    Pour lutter contre la douleur.

Mais quel bruit retentit au seuil de sa demeure?
Un cliquetis de fer, et puis ces mots : « Qu'il meure!
Des nôtres trop longtemps sa hache a bu le sang;

Qu'il meure! » Et vingt Anglais, oui, vingt lâches s'élancent,
Et sur le pâle front du mourant ils balancent
    Leurs longs glaives en frémissant.

Sus, lève-toi, Ferret, lève-toi, que ta face
A ces lâches soldats apparaisse et les fasse
Comme hier devant toi s'enfuir épouvantés.
Il en est temps encor ; prends ta hache fidèle ;
Déjà tes assassins ont tremblé devant elle.
    Regarde : ils se sont arrêtés.

Soudain le grand Ferret sur son séant se dresse,
Saisit sa hache énorme, et puis avec adresse
Repousse des Anglais l'assaut plein de fureur.
Cinq tombent sous les coups de l'arme redoutable,
Et les autres devant le géant indomptable
    Reculent glacés de terreur.

Ils ont fui ; mais Ferret dont la force chancelle
Sent la sueur couler sur son front qui ruisselle ;
Sa hache glisse alors de sa débile main ;
Un voile ténébreux a couvert sa paupière,
Puis il tombe bientôt aussi froid que la pierre,
Et le soleil pour lui n'eut pas de lendemain.

Voici quelques détails biographiques sur Ferret :

« Ferret, surnommé *le grand* à cause de sa taille gigantesque, était né à Rivecourt (arrondissement de Compiègne). Il fut un des chefs de cette armée de paysans révoltés contre la noblesse qui, vers 1356, répandirent tant de ravages et dont l'insurrection a pris dans l'histoire le nom de Jacquerie. Après avoir été l'appui des Jacquiers, il se soumit au dauphin et lui rendit de grands services. Doué d'une force prodigieuse et d'une valeur à toute épreuve, il avait inspiré tant de terreur aux Anglais qu'ils n'osèrent passer tant qu'il fut à Rivecourt. Le commandant du château de Longueil-Sainte-Marie choisit Ferret pour lieutenant et lui donna toute sa confiance. Vers 1358, les Anglais tentèrent de s'emparer de ce château par surprise. Déjà ils s'y étaient introduits par une brèche qui n'avait point été réparée, quand soudain le commandant du château, ne prenant conseil que de son intrépidité, se précipite au milieu des ennemis avec une poignée d'hommes, et, après une vigoureuse résistance, tombe percé de coups. Pendant ce temps, le brave Ferret s'était armé d'une hache énorme, avait rassemblé un grand nombre de soldats et de domestiques, et les animant par ses paroles et son exemple, il s'élance à leur tête pour combattre les Anglais et venger la mort de son commandant. Les Anglais, quoique plus nombreux, sont taillés en pièces ; Ferret, pour sa part, tue l'officier anglais qui commandait le détachement et quarante-cinq soldats. Une seconde troupe d'Anglais, venue au secours de la première, subit le même sort. Enfin, excédé de fatigue, après deux jours de combat, Ferret rentre victorieux à Longueil. Il eut l'imprudence de boire de l'eau entièrement fraîche : une fièvre mortelle s'empara de lui. Ce fut pendant cette maladie que les Anglais tentèrent lâchement de l'assassiner, et qu'il se défendit contre eux avec un courage si héroïque. »

AURI SACRA FAMES.

Ce sont des vers muets que les tableaux de prix;
Ce sont tableaux parlans que les vers bien écrits.

VAUQUELIN DE LA FRESNAYE.

L'or est comme une femme, on n'y saurait toucher
Que le cœur, par amour, ne s'y laisse attacher.

REGNARD.

AURI SACRA FAMES.

———

À M. Thomas Couture, Peintre.

✢◻✢

Auri sacra fames; tu les compris, Couture,
Ces mots qu'à nos regards a traduits ta peinture.
L'or, ce dieu de nos jours, qui voit de ses autels
Le marbre se briser sous les fronts des mortels;
L'or, ce vil corrupteur, qui sema par le monde
Plus de maux que la guerre ou que la lèpre immonde;

Il arme d'un poignard la main de l'assassin;
De la vierge timide il découvre le sein;
Il oblige à ramper l'homme libre en esclave;
Il s'installe en tyran même au sein du conclave;
Sur le trône des rois il va s'asseoir aussi,
Et dit d'un ton moqueur : « C'est moi qui règne ici. »

Comme sous ton pinceau revit bien ta pensée :
Que j'aime cet avare à la lèvre plissée,
A la joue amaigrie, au regard de serpent,
Et sur des pièces d'or ses longs doigts se crispant!
On croirait en lui voir une louve affamée
Qui défend ses petits contre une main armée.
En vain vous étalez à ses yeux vos seins nus
Dont l'éclat lui promet des trésors inconnus,
Jeunes femmes, en vain vous déroulez les tresses
De vos cheveux si blonds, vos lascives caresses;
D'un feu lubrique en vain vos longs regards ont lui.
Non, non, ce n'est point là ce qu'il lui faut à lui!
Du seul amour de l'or son cœur sec est avide;
De tout autre bonheur il reste toujours vide.

Poëte au noble front, aux sublimes accens,
Pourquoi te consumer en efforts impuissans?

Pourquoi faire vibrer les cordes de ta lyre ?
Tes vers harmonieux, il ne veut point les lire.
De l'or seul son oreille aime entendre les sons ;
Un sequin d'or pour lui vaut mieux que tes chansons
Qu'il ne comprendrait pas ; va donc, pauvre poëte,
Sur un lit d'hôpital va reposer ta tête,
Tandis que cet avare, aux trésors entassés,
Meurt de faim en disant qu'il n'en a point assez.

Oui, tu l'as bien compris, et ton pinceau fidèle
A su rendre les traits hideux de ton modèle.
A l'or ton coloris a ravi sa splendeur.
Suis donc tous les sentiers de l'art avec ardeur.
La gloire est devant toi ; que son prisme t'attire,
Et fuis l'amour de l'or dont tu fis la satire.

Le tableau de M. Couture, *l'Amour de l'Or*, que toute la presse a jugé un des plus remarquables du salon de 1844, a été acheté par le gouvernement.

La ville de Senlis s'honore, à juste titre, d'avoir vu naître ce jeune peintre dont le talent fait concevoir les plus belles espérances.

A UNE COQUETTE.

Toute femme est coquette, ou par raffinement,
Ou par ambition, ou par tempérament.

DESTOUCHES.

EPITRE A UNE COQUETTE.

∗❂∗

Depuis bientôt trois mois près de vous je soupire :
Cent fois je vous redis ce que l'amour m'inspire ;
Je puise mille mots dans le fond de mon cœur,
Et vous y répondez par un rire moqueur.
Vous ne comprenez point la parole enflammée
De l'homme qui vous crie : « O femme bien aimée !
Ayez pitié de moi, je meurs à vos genoux,
Vivons, vivons d'amour, ô Mathilde, aimons-nous,
Aime-moi..... » Tout cela vous ennuie et vous lasse ;
A ces mots enchanteurs vous demeurez de glace.

Non, jamais nul frisson amoureux, en glissant
Dans vos veines, ne fait bouillonner votre sang;
De vos regards distraits nulle vive étincelle
Ne vient trahir l'ardeur que votre cœur recèle;
Votre main semble fuir l'étreinte de ma main
Alors qu'en vous quittant je vous dis à demain;
Quand je suis près de vous, un papillon qui passe,
Un nuage qui court en flocons dans l'espace,
Captivent tous vos sens, et puis vous me laissez
Hélas! poursuivre seul mes rêves insensés!

Vous le savez : l'amour est roi sur notre terre.
Qu'aimez-vous? Ah! pour moi ce n'est plus un mystère :
La toilette et le bal, voilà ce qui vous plaît;
En eux seuls vous trouvez votre bonheur complet.
Oui, vous les adorez même avec frénésie.
Plutôt que d'épuiser mes flots de poésie
À vous parler d'amour, oh! si je vous parlais
De robes, de chapeaux, de riches bracelets,
Que vous m'écouteriez! car c'est là votre vie :
Chaque mode est par vous correctement suivie,
Et votre couturière est un être divin
Qu'estime au plus haut point votre amour-propre vain.
Un corsage manqué vous mettrait tout en larmes!
Un pli qui tombe mal vous cause mille alarmes!

Et le bal donc , le bal! Lorsque vous paraissez ,
Vous voyez les danseurs près de vous empressés :
Votre splendeur de tous devient le point de mire ;
Chaque femme d'un œil envieux vous admire ;
En cet instant pour vous tout n'est qu'enchantement ,
Votre veine est brûlante , et , dans l'enivrement
D'un triomphe si beau , vous êtes satisfaite
Qu'on vous proclame alors la reine de la fête.
Et quand soudain la valse aux replis gracieux
Vous entraîne , pour vous c'est le bonheur des cieux ;
Vos regards sont en feu , votre esprit en délire .
Malheur à l'imprudent dont l'œil aurait cru lire
En vous tous les transports d'un cœur qui veut aimer!
Si par tout ce clinquant il se laisse enflammer,
Si l'amour vient brûler son âme trop ardente ,
Bientôt son cœur en proie à tout l'enfer du Dante
Près de vous s'éteindra consumé lentement ,
Comme je me consume encore en ce moment.

Heureux Pygmalion, tu vis ta bien-aimée
De marbre qu'elle était en femme transformée ;
Malheureux ! moi j'ai vu, sans me décourager ,
La femme que j'adore en marbre se changer.

JEAN DE LIGNIÈRES.

Ce n'est point à mourir que la gloire convie,
C'est à rendre sa mort utile à sa patrie.

DE BELLOY.

JEAN DE LIGNIÈRES.

En l'an mil quatre cent trente-trois fut un homme,
Dont ne se souvient plus notre vieille cité,
Que nul ne connaît plus, qu'aujourd'hui nul ne nomme,
Qu'aux fastes de l'histoire à peine on a cité.

Et cet homme pourtant fut grand par son courage,
Grand par son dévoûment, grand par son noble cœur;

Seul, d'une armée entière il affronta l'orage
Pour sauver son pays, et seul il fut vainqueur.

L'Anglais de notre ville allait franchir la porte
Que retenaient les nœuds d'une corde. Couper
Cette corde, mon Dieu! c'est la mort! Eh! qu'importe!
Ce coup sauveur, un homme est là pour le frapper.

Et qui donc le frappa?... Quoi! vous osez sans honte,
Enfans de mon pays, me demander son nom...
Frères, pour vous au front quelle rougeur me monte!
Devez-vous perdre ainsi son souvenir? oh! non...

A nous donc, à nous donc, aux accords de la lyre,
De réveiller ce nom dormant dans le passé,
De le graver en traits que chacun aime à lire,
Et dont l'éclat jamais ne puisse être effacé.

De Lignières, ici mon vers te rend hommage,
Incliné devant toi comme devant l'autel;

Puisse-t-il, à défaut de marbre à ton image,
Servir de piédestal à ton nom immortel.

Jean de Lignières partage avec Jacques de Guehengnies l'honneur d'avoir sauvé la ville de Beauvais le 7 juin 1433. Moins heureux, Jacques de Guehengnies trouva la mort dans cette glorieuse circonstance. (Voir l'*Histoire de Beauvais*, par MM. Edouard Delafontaine et Doyen, 3e volume, page 74.)

Écrit sur l'Album de Henri Mondeux.

-◇§◇-

Il t'en souvient encor, pâtre de la Touraine,
Alors que ton troupeau sur l'herbe allait paissant,
A l'aide de cailloux tu comptais sur l'arène
Et voulais calculer l'âge de tout passant.

Nul problème pour toi n'est indéfinissable :
Peut-être ton génie, au vol audacieux,
Nous dirait-il combien il est de grains de sable
Au bord des mers, combien d'étoiles dans les cieux.

Pauvre Henri, ton jeune âge a connu la souffrance.
Ah! puisse le destin maintenant t'apporter
Tant d'instans de bonheur, de gloire et d'espérance,
Que ton génie un jour ne les puisse compter.

CHANT DE GUERRE DES JACQUES.

3

Contre nous de la tyrannie
L'étendard sanglant est levé.

La Marseillaise.

En avant!

Casimir Delavigne.

CHANT DE GUERRE DES JACQUES.

Frères, frères, vous tous esclaves,
Le volcan déchaîne ses laves;
Ce cri partout est répété :
« Mort, vengeance et liberté! »

Ils nous ont pris notre pain, notre terre
Et notre sang; il a fallu nous taire.

Après avoir tout pris, ils nous ont dit :
« Travaille donc, et que de ta journée,
De tes sueurs la part nous soit donnée,
Travaille donc, puis après sois maudit! »

Frères, frères, vous tous esclaves,
Le volcan déchaîne ses laves ;
Ce cri partout est répété :
« Mort, vengeance et liberté! »

Assez longtemps de leurs baisers infâmes
Ils ont flétri nos filles et nos femmes;
Il en est temps, brisons, brisons nos fers!
Ah! puissions-nous, dans notre aveugle rage,
A ces tyrans sans cœur et sans courage
Rendre les maux que nous avons soufferts!

Frères, frères, vous tous esclaves,
Le volcan déchaîne ses laves ;
Ce cri partout est répété :
« Mort, vengeance et liberté! »

Que sont-ils donc ces hommes sanguinaires,
Pour qu'en tremblant, esclaves débonnaires,
De leur orgueil nous subissions l'affront?
On les dit nés nobles, que nous importe!
Eh! qui de nous, comme eux aussi, ne porte
Du sceau divin la marque sur son front?

Frères, frères, vous tous esclaves,
Le volcan déchaîne ses laves;
Ce cri partout est répété :
« Mort, vengeance et liberté! »

Nous n'avons point de valets ni de pages,
Nous n'avons point de riches équipages,
Nous n'avons point de châtels ni de forts;
Mais pour venger notre vie en servage,
Mais pour sortir d'un cruel esclavage,
Qu'avons-nous donc? Du cœur et des bras forts!

Frères, frères, vous tous esclaves,
Le volcan déchaîne ses laves;

Ce cri partout est répété :

« Mort, vengeance et liberté! »

La Jacquerie, cette révolte sanglante des paysans contre les nobles, de l'esclave contre le maître, a pris naissance à Beauvais. Les chefs de ce mouvement révolutionnaire furent Guillaume Caillet et le Grand-Ferret

Gutenberg.

Et la lumière fut.

Gutenberg

❦

Sonnet.

Dieu se dit : « J'ai doté l'homme de la pensée ;
Mais ses brillans travaux sont un sable mouvant,
Où l'empreinte des pas, sous l'haleine du vent
Qui franchit le désert, est bientôt effacée.

Je veux que sa parole à jamais soit fixée,
Et qu'un léger tissu, muet auparavant,
Par un secret de l'art, soit un tableau vivant
Qui des mots offre aux yeux l'image retracée. »

Dès que le créateur de l'univers eut dit,
Sur le front inspiré d'un homme il répandit
Un des brûlans rayons dont la splendeur l'inonde ;

Et cet homme inspiré, génie audacieux,
Aux enfans de la terre apparut dans les cieux,
Comme un nouveau soleil qui planait sur le monde.

LES RUINES DU CHATEAU DE PIERREFONDS.

Un long respect consacre encore ces ruines:
Tantôt c'est un vieux fort qui, du haut des collines,
Tyran de la contrée, effroi de ses vassaux,
Portait jusques au ciel l'orgueil de ses créneaux.

DELILLE.

O spectacle! ainsi meurt ce que les peuples font.

VICTOR HUGO.

Les Ruines du Château de Pierrefonds.

Au sein de la forêt tout dort, tout fait silence;
La lune au pâle front dans les airs se balance;
L'étoile scintillant sur le manteau des cieux
Adresse au voyageur un souris gracieux,
Et la feuille reçoit de la brise enflammée
Les baisers qu'un amant donne à sa bien-aimée.

Je marchais à travers la forêt; j'étais seul,
Et cette blanche nuit, comme un vaste linceul
S'étendant sur le monde, épandait en mon âme
Un baume de pensers plus doux que le cinname.
Mon esprit se berçait dans un rêve insensé;
Je dorais l'avenir des trésors du passé;
Quand soudain à mes yeux étonnés se présente
Une immense ruine, une masse imposante,
Des tours et des créneaux, des murs qu'en les mordant
De trois siècles rongeurs a déchirés la dent.

« Oh! m'écriai-je alors; vieux débris d'un autre âge,
Vous avez donc aussi du temps subi l'outrage,
    Vous qu'on disait si forts!
La fureur du trépas sur vous s'est assouvie,
Sa royauté partout a détrôné la vie,
    Sur vos murs, dans vos forts.

Maintenant tout est calme ici comme la tombe;
Plus de bruit que le bruit de la pierre qui tombe
    Dans le fond du ravin.
Maintenant tout est triste ici; par les années
Ces fières tours de plus en plus décournonnées
    Se redressent en vain.

Plus de ces jours fameux de deuil et de victoire,
De siéges, de combats, de ces jours que l'histoire
    Inscrit en traits de sang.
La valeur habitait alors dans vos entrailles;
Vous portiez haut alors, ô superbes murailles,
    Votre front menaçant.

Aujourd'hui, sous le poids des affronts inclinées,
Dans votre noble orgueil vous semblez étonnées
    D'un tel abaissement.
Sur votre face encor tant de grandeur respire,
Qu'à nos cœurs pénétrés de respect elle inspire
    Un saint recueillement.

Ah! c'est que nous avons souvenir que naguère
Sur ces créneaux veillaient de hardis gens de guerre
    Et de preux suzerains;
Que vous avez bravé les balles enflammées,
Et que jamais le choc de nombreuses armées
    N'a fait ployer vos reins.

Comme le vétéran qui montre ses blessures,
Avec gloire étalez toutes les meurtrissures

De la guerre et du temps.
La moindre pierre par les siècles laissée
Eveillera toujours une grande pensée
En nos seins palpitans. »

Et la lune montait en versant tout entière
Sa clarté sur les flancs de la ruine altière;
Fantômes de granit, les donjons pâlissaient
Sous les blanches lueurs qui sur eux se glissaient;
Et la funèbre voix de la harpe plaintive *
Qui venait captiver mon oreille attentive,
Semblait dire sans cesse à ces débris sacrés :
« Vous croulerez un jour, un jour vous croulerez! »

Mais voici que le ciel s'assombrit, la nature
A paru pressentir une horrible torture;
Dans le lointain mugit un sourd bourdonnement;
Le feuillage s'agite en long frémissement;
Les nuages aux cieux par groupes s'amoncellent;
Serpens aériens, les éclairs étincellent;
De lamentables cris remplissent la forêt;

---

* Une harpe éolienne a été placée sur la plus haute des tours qui sont restées debout.

Dans l'ombre de la nuit bientôt tout disparaît,
Et l'antique ruine, à ma vue abusée
De sa forme première alors s'est déguisée;
Sa face formidable et sinistre grandit;
Devant elle, tremblant, je demeure interdit.

La sentinelle qui passe
Mêle son signal perçant
Aux foudres qui, dans l'espace,
Roulent en retentissant.
Souvent ma raison trompée
Confond l'éclair de l'épée
Avec les éclairs des cieux.
Une légion se dresse
Sur la noire forteresse
A l'aspect audacieux.

Aux armes! la trompe sonne.
Aux armes! plus d'un cœur bat,
Et sur les créneaux personne
Ne manque pour le combat.
Aux armes! l'assaut commence;
Voici qu'une armée immense,
Comme un monstrueux serpent,
Le long des tours escarpées

4

Qu'elle tient enveloppées,
S'est repliée en rampant.

Et le bronze éclate et tonne,
Et contre le large flanc
Du châtel que rien n'étonne
Le boulet court en sifflant.
Mais impuissante est sa rage;
Le châtel avec courage
A ses coups sait résister,
Et la mort par lui semée
Pleut au sein de cette armée
Qui voudrait en vain lutter.

Mais quels sont ces cris de fête
Que redit l'écho des bois?
Ils célèbrent la défaite
Des assaillans aux abois;
Le vieux châtel s'illumine,
De ses tours la sombre mine
Revêt un air radieux;
Les soldats, aux fronts sévères,
Accordent le choc des verres
Avec leurs refrains joyeux.

Je regardais encor... Quand tout à coup l'orage
A cessé de gronder, et l'imposant mirage
Qui séduisait mes sens disparaît avec lui.
Et de nouveau l'étoile aux champs du ciel a lui,
Et de nouveau la lune épanche tout entière
Sa clarté sur les flancs de la ruine altière.

Puis, sur un de ces murs où gronda le canon,
J'allai, triste et pensif, inscrire aussi mon nom.

Pierrefonds est situé à 16 kilomètres de Compiègne. La route qui y
conduit traverse la forêt. Il a été publié plusieurs histoires du château
formidable dont on admire aujourd'hui les ruines majestueuses. Nous nous
faisons un plaisir de recommander celle écrite dernièrement par notre cher
confrère en rimes Amédée du Leyris.

Devant la Statue de Jeanne d'Arc.

..... Ces guerriers sont des Anglais:
Qui vont voir mourir une femme.

CASIMIR DELAVIGNE.

DEVANT LA STATUE DE JEANNE D'ARC, A ORLÉANS.

Salut, salut à toi! Ton hardi cimeterre,
Abattit à tes pieds l'orgueilleuse Angleterre;
Jeune fille au cœur fort, au courage inspiré,
Je m'incline devant ton bronze vénéré.
Mais qui donc mit en toi cette audace guerrière,
Cet élan généreux? O jeune fille, arrière!
Vois ces canons en feu qui sèment le trépas;
Devant ces fers sanglans ne trembleras-tu pas?

Non, car ta mission est sacrée, et la France,
Dont les cris déchirans révèlent la souffrance,
Attend de toi la fin de ses maux. En avant!
Livre tes blonds cheveux au caprice du vent;
Que d'un éperon d'or ton talon étincelle,
Revêts ta noble armure, et, ferme sur la selle
De ton fougueux cheval, cours sus à l'ennemi.
A ton aspect déjà de crainte il a frémi :
On dirait qu'il a vu cette auréole sainte,
Humble fille des champs, dont ta tête était ceinte.
Mais le lâche, plus tard, comme il s'est bien vengé!
Et par quels attentats n'a-t-il point outragé
Ce front qui dans ses rangs répandait l'épouvante!
Vrai Dieu! le bel exploit! que partout il s'en vante!
Et puis honte sur nous qui l'avons pu souffrir!
Pour ses frères, la France, elle eut voulu mourir;
Et nous avons livré son corps à la torture,
Et nous l'avons vendue! ignoble forfaiture!
Orléans, gloire à toi, qui n'as point dans l'oubli
Laissé ce nom si beau s'éteindre enseveli;
Jeanne vit dans ton sein; et tout lui rend hommage;
Et le bronze à nos yeux retrace son image.
Venez, frères, venez, pour laver votre affront,
Devant elle, à genoux abaisser votre front.

Orléans, 27 août 1843.

On sait que Jeanne d'Arc tomba au pouvoir des Anglais par la trahison de Guillaume de Flavi, gouverneur de Compiègne. Cette ville était assiégée : Le 24 mai 1430, Jeanne d'Arc, à la tête de 500 hommes, fit une sortie vigoureuse ; mais l'infâme gouverneur, jaloux de la gloire de cette héroïne, ferma la porte au moment où, assaillie par de nombreux ennemis, elle cherchait à rentrer dans la ville.

CHARLES VI A CREIL.

Celui qui se connaît est seul maître de soi,
Et sans avoir royaume, il est vraiment un roi.

PIERRE DE RONSART.

CHARLES VI A CREIL.

❋

L'homme par la pensée est un roi sur la terre;
C'est le rayon divin qui guide tous ses pas,
Rend de sa volonté le monde tributaire,
C'est l'urne sainte où l'âme en paix se désaltère,
C'est un flambeau qui ne meurt pas.

Qu'ai-je dit?..... Voyez-vous cette sombre fenêtre?
Par des barreaux de fer son abord est gardé.
    Maintenant voulez-vous connaître
      Cet homme au balcon accoudé?

Combien sa joue est maigre, et pâle son visage;
    Ses yeux creux, ternes et hagards
Portent de la souffrance un douloureux présage,
Et l'on y cherche en vain de limpides regards.
    Sous son front morte est la pensée,
    On ne saurait voir sans effroi
    Sa face sinistre et glacée;
    Pourtant cet homme est encor roi.

De ce nom c'est en vain que son peuple le nomme;
Roi, peut-on l'être encor quand on n'est plus un homme?
Qu'importe un sceptre d'or au pasteur des humains,
Lorsque le sceptre tremble en ses débiles mains!
Qu'importe une couronne au front couvert de rides,
Quand sous ce front glacé, quand sous ces plis arides
La couronne ne sent rien qui puisse germer!

Il ne te reste plus même un cœur pour aimer,
O fantôme de roi! Vois donc dans la campagne

Ce jeune pâtre au loin que son chien accompagne,
En chassant devant lui ses troupeaux égarés.
Il n'a point de couronne et de sceptre dorés ;
Il n'a point de sujets, des serviteurs fidèles,
Des villes, des trésors et mille citadelles;
Cependant plus que toi, malgré ses vils habits,
Il est roi, car lui-même il conduit ses brebis.

Charles VI, pendant sa démence, a été enfermé dans une chambre à Creil. On montrait encore, avant la révolution, les barreaux de fer qui se trouvaient devant la fenêtre de cette chambre.

LES DEUX JEANNE.

..... Qui sert son pays sert souvent un ingrat.

VOLTAIRE.

LES DEUX JEANNE.

Deux femmes ont vécu, deux femmes qu'on renomme,
Qui, sourdes à la voix de la timidité,
Et sentant dans leur sein palpiter un cœur d'homme,
Ont su combattre aussi pour notre liberté.

Vierges au bras puissant, c'est Jeanne qu'on les nomme :
Devant l'une l'Anglais s'enfuit èpouvanté;
Par un beau dévoûment digne des temps de Rome,
L'autre sauve les murs de sa vieille cité.

Et plus tard l'une, au sein d'une ingrate patrie,
Meurt sur un vil bûcher, insultée et flétrie
Par ceux qu'avait jadis foudroyés son canon;

Et depuis l'autre attend que d'elle on se souvienne,
Qu'après quatre cents ans enfin son heure vienne,
Et que sur une pierre on inscrive son nom.

Nous avions un instant conçu l'espoir de voir réaliser le vœu de notre sonnet. Un projet de monument à la mémoire de Jeanne Hachette a été suivi d'une velléité de manifestation patriotique; mais il paraît que maintenant on ne veut plus songer à cette œuvre de glorification. Il est vrai que puisque notre héroïne a bien attendu quatre siècles la reconnaissance de ses compatriotes, elle a dû acquérir assez de patience pour attendre encore..... un siècle ou deux.

JE NE VOUS AIME PAS.

Elle est blonde,
Sans seconde,
Elle a la taille à la main,
Sa prunelle
Etincelle
Comme l'astre du matin.

HENRI IV.

Les yeux sont le miroir de l'âme ;
Que de fois on l'a répété.
Je le crois, car l'amour, madame,
Dans les vôtres s'est reflété.
Ce qu'en vos regards j'ai su lire,
Mon cœur me l'avait dit tout bas.....
Et pourtant vous osez me dire
   Que vous ne m'aimez pas.

Quand une tendre causerie
Me rend captif à vos genoux,
De votre âme la rêverie
Jette un doux mystère entre nous.
Si mon amour peint son délire,
Je vois croître votre embarras.....
Et pourtant vous osez me dire
   Que vous ne m'aimez pas.

Lorsqu'au bal où je vous invite
La valse nous tient enlacés,
Soudain votre cœur bat plus vite,
Mes doigts par vos doigts sont pressés.
Votre grâce qu'alors j'admire
M'attache à jamais à vos pas.....
Et pourtant vous osez me dire
   Que vous ne m'aimez pas.

Que de vos yeux la vive flamme
N'ait plus aucun rayon pour moi;
Quand suis près de vous que votre âme
Ne tremble pas d'un doux émoi.
Que plus rien en vous ne m'attire,

Oui, mon cœur y consent, hélas !
Pourvu que vous n'osiez plus dire :
« Je ne vous aime pas. »

A Auguste Famin.

A mon Ami Auguste Famin,

STATUAIRE,

En recevant mon Médaillon en Bronze.

❧

Poète, on livre au vent sur des feuilles légères
Tous les brûlans pensers que l'on puise en son cœur;
L'ombre envahit bientôt nos lueurs passagères,
Et le temps nous poursuit de son rire moqueur.

Le statuaire, lui, dans le marbre et la pierre
Creuse une œuvre éternelle, et son ciseau puissant
Qui des siècles ne craint la hache meurtrière
Se révèle en tous lieux aux yeux de tout passant.

Hélas! mes pauvres vers sont écrits sur des sables.

Merci! par ce portrait que chacun a vanté,

Tu vas graver mon nom en traits ineffaçables

Sur le livre d'airain de l'immortalité.

On a remarqué au salon plusieurs travaux de ce jeune artiste qui vient de donner une nouvelle preuve de son talent et de son patriotisme, en offrant à ses concitoyens le modèle en bronze d'une statue de Jeanne Hachette. Le statuaire a été noblement inspiré par son sujet. Tout, dans son œuvre, est plein de hardiesse et de fierté. On a dit avec raison que c'était la meilleure pétition par laquelle il pouvait solliciter l'honneur d'être chargé de l'exécution du monument qu'attend notre héroïne.

FIN.

TABLE.

www.ingramcontent.com/pod-product-compliance
Lightning Source LLC
Chambersburg PA
CBHW060441260626
47161CB00005B/2023